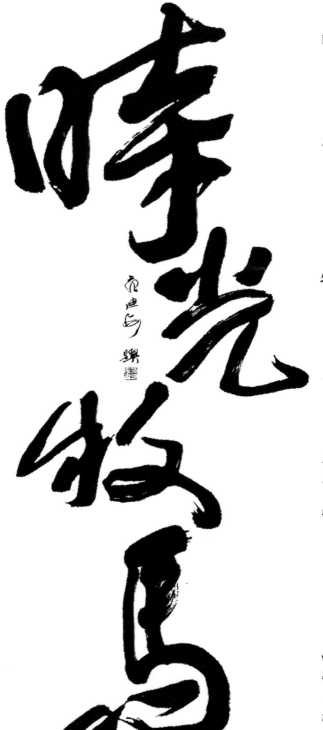

时

光

牧

马

杨大民 著

作家出版社

图书在版编目（CIP）数据

时光牧马 / 杨大民著. -- 北京：作家出版社，2020.1

ISBN 978-7-5212-0729-3

Ⅰ. ①时… Ⅱ. ①杨… Ⅲ. ①诗集 - 中国 - 当代

Ⅳ. ①I227

中国版本图书馆CIP数据核字（2019）第204779号

时光牧马

作　　者：杨大民

责任编辑：秦　悦

装帧设计：薛　怡

封面题字：范迪安

出版发行：作家出版社有限公司

社　　址：北京农展馆南里10号　　邮　　编：100125

电话传真：86-10-65067186（发行中心及邮购部）

　　　　　86-10-65004079（总编室）

E-mail:zuojia@zuojia.net.cn

http://www.zuojiachubanshe.com

印　　刷：保定市中画美凯印刷有限公司

成品尺寸：142×210

字　　数：134千

印　　张：9

版　　次：2020年1月第1版

印　　次：2020年1月第1次印刷

ISBN 978-7-5212-0729-3

定　　价：58.00元

　　杨大民，京都律师，出生于内蒙古锡林郭勒盟原总后勤部白银库伦军马场。

　　1985 年随父母迁居塞外山城张家口。1993 年入中国政法大学学习法律，1998 起从事律师职业，现为北京市京都律师事务所高级合伙人，中国法学会案例法学研究会理事，中国廉政法制研究会理事。西北政法大学硕士研究生实务导师。京都刑辩八杰之一。

　　杨大民律师长期担任《京都律师》杂志主编。办案之余，著有律政实录《明星维权》（法律出版社）、编有《田文昌谈律师》（法律出版社）、《京都记忆》（法律出版社）、《父亲的草原母亲的河》——白银库伦回忆文集（人民日报出版社）。

献给我的父亲杨泽川，母亲白玉莲。感谢赐予我生命与爱，我把思念留在诗歌里。来生，还做您的儿子。

——杨大民

目
录

辑三　牧马余生

辑四　父亲和我

辑五　父亲的诗

序一：走进崇高的心灵轨迹

贺茂之

大民的诗集书稿《时光牧马》，交给我一个多月了，嘱我为之作序。尽管常常想"抓紧抓紧，完成任务！"但实际情况却是：忙忙碌碌，无暇坐下！日夜兼程奔忙于推广走进崇高理念之中。

幸在"五一"长假中，好不容易谢辞掉几个活动，下大决心在"五四"青年节这天，拜读大民大作，完成青年嘱托！

大民在诗集扉页上写明，此诗集是献给他父亲、母亲的。其实，他的诗也是献给自己的，献给与他同样的青年的，献给与他共同拥有青春的，还是献给社会、献给人类的，献给美好的综合称谓崇高的。

也就是说，他把对父母的真诚挚爱之情，把放牧时光之马即人生经历中之真实感受、真实体验，真实表达出来，对父母是汇报；对自己是总结、是慰藉、是鞭策或促进；对读者、对社会，是启迪、是给予、是帮助。而其主旨和目标，乃至效果，是追求真、善、美，弘扬真、善、美。而真、善、美的境界就是崇高。因此我说《时光牧马》记述和展示的，是诗人走进崇高的心灵轨迹。

该诗集共分五辑，无论是"咀嚼"人生百味，或是"北京 北京"彰显社会百态，抑或是"牧马余生"展示世事百形，还是"父亲和我""父亲的诗"，倾吐挚爱百情，都是在颂扬真、善、美，鞭挞假、丑、恶，都是在为了实现自己更大更多的人生价值，都是为了锻铸个人乃至国家的崇高形象。这是青年所需要的，这是青春所需要的，这也是任何一个有志者所需要的！因此我说，这是社会所需要、人类进步所需要的。

不是吗？请看"咀嚼"中的《我们的六一》，"每一代人都有一个六一／每一代人都有一个童年／只要自己感到快乐／我们的童年就没有虚度"。《寻找另一个自己》中"写诗／不是为了谋生／也不是为争名／只想与自己说话／寻找另一个自己"。"我叫理发师／只有一个小理想／做人间头等大事""我要让所有人／在镜子中闪亮／在人世间闪光"（《理发师的自白》）。而他的《蚊子》《世界杯真相》《疫苗之慌》等诗，则是在鞭挞假、丑、恶，抑制乃至防止假、丑、恶的滋生和蔓延。

"父亲的诗"在彰显崇高之美上，更为鲜明、更为坚定，也更为有力。"吾惜骨肉情／更重为人民／革命志四海／岂能守家门"（《好男儿》）。"日行百里青山路／满面征尘倦意无／莫道革命征途远／亿万工农主沉浮"（《马背吟》）。二十五首"父亲的诗"里，句句渗透真善美，首首洋溢正能量。也许正因此，大民才铭记于心："父亲的诗啊／没有浪漫　悦耳／每一句每一行每一首／每一个标点符号／都是留给我的生命密码"（《父亲的诗》）；也许正是因此，大民才成长为新时代富有特点的诗人。

大民诗的特点，除上述立意弘扬正能量外，在态度上求真，在选材上求丰，在结构上求谐，在语言上未讲韵律只求诗意。

在态度上求真。这在诗集《后记》中已经坦言："我不是诗人，在别人眼中我写的这些文字也许不那么纯熟，但都是我真实的感受，真实的体验，真实的表达，真实的心声。"

在选材上求丰。"关于父母，关于故乡，关于成长，关于理想"等题材，在该诗集中俯拾皆是；更有在放牧时光之马的奋进中，把所见所闻所感所悟，随时记述，挥笔成诗，可谓"村村皆画本，处处有诗材"。

在结构上求谐。谐，即恢谐、风趣。他的诗除注意语言幽默外，不少的诗篇拟人化表现，写成了寓言诗，寓情理于事物之中、故事之中。

在语言上未讲韵律只求诗意。他的诗篇，大多未讲究合辙押韵，却提炼出意象和具象，读起来颇有诗意。用他《后记》中的话说："我个人认为，铭刻进生命中的文字都是诗，诗都与自己的内心与灵魂有关。"与自己生命有关的文字，往往富有诗意，往往展示心灵的轨迹。

还是用他《更向往崇高之美》中的诗句来证实吧："原来崇高就在我的身边／走进崇高就是走进真善美／走进崇高就是利他利众利社会／走进崇高就是敬业敬人敬众生／走进崇高就是精益求精完善自我／原来我也可以崇高／你也可以

崇高／我们都可以崇高……"

　　读《时光牧马》，不仅可以欣赏走进崇高心灵轨迹之风光，也能给予智慧之启迪、力量之激励，还能促使你从容自然走进崇高！

　　是为序。

2019年5月4日17时14分

于正艺楼

　　【贺茂之】著名作家。原解放军装备指挥学院副院长，少将军衔。现任北京走进崇高研究院院长。

序二：我这朋友是诗人

庞中华

多年以来，我一直认定我这朋友杨大民，是一位优秀的青年律师。直到昨天深夜，当我一气读了大民的诗稿《时光牧马》的部分篇章，惊奇不已，掩卷长叹：咦！这杨大民究竟是当律师为好，还是做诗人更佳？再一想，也不妨说他本是"律师中的诗人"或"诗人中的律师"，反正我自己也搞蒙了。

大约我有些惯性思维，说到律师，总以为那是个太严肃、太庄重的职业，他们不苟言笑，办事以法律条文为准则，在法庭上唇枪舌剑，据理而辩。而诗人则与之相反，终日优哉游哉，纵情山水，最典型的莫如李白，"五岳寻仙不辞远，一生好入名山游"，我在年轻时代，就仰慕他的风范，在深山度过了二十年地质队员生活。因此之故，我难以将大民这律师的职业和诗人的浪漫联系在一起。

大民诞生在辽阔的内蒙古大草原，那里是一代天骄成吉思汗的故乡，理当是英雄和诗人的摇篮。大民的母亲是蒙古族，父亲是汉族，他自然是蒙汉两个民族爱情的结晶，在他的遗传基因中，必然有汉人的柔情和蒙人的豪放。更幸运的是，他又出身在一个教育世家，父亲是一所子弟学校校长，母亲是一位优秀教师。父亲喜欢写诗，耳濡目染、潜移默化地熏陶了他。他小学五年级就在《少年文史报》上发表了第一首新诗，从父母欣喜的眼光里，他感到做一个诗人是多么幸福，是用以报孝父母的一种礼物。因此在这本诗集的首页里，他就深情地写道：这本诗集是献给父亲和母亲的。

当然，这本诗集的出版，不仅是献给他的爸妈，也当是献给天下的老爸老妈，以至少男少女们的爱心礼物。"老吾老，以及人之老；幼吾幼，以及人之幼"。鲁迅先生说："创作总归于爱。"杨大民正是一个充满了大爱之心的人，否则他就不能成为一个好律师，否则他就不能成为一个好诗人。

大民深爱着自己的爸妈，爱着诞生他的内蒙古锡林郭勒大草原，在他离开大草原很多年后，他还以诗人的激情，用现代科技，寻找到当年的小伙伴们，一道撰写出版了《父亲的草原母亲的河：白银库伦回忆文集》，并在故乡白银库伦举行了近五千人参加的新书首发式和七十五吨重的"军马魂"纪念碑揭幕仪式。我简直想象不出，这是一个律师干的活儿，还是一个诗人做的事。

大民更幸运的是，当他走出草原，走到北京，就走进了一个美好而团结向上的集体——京都律师事务所。以著名大律师田文昌先生为首的"京都"，不但令大民神往而追求，也让我这个局外人为之钦佩，我们只要读一读《北京 北京》这首诗，就深深体味了大民对"京都"梦绕情牵、心驰神往的钟爱之情，我们为大民祝福，也向全体"京都"人致敬。

读大民的诗，如见大民其人，热烈、爽朗。他用当代语言，写当代故事。语言通畅跳跃，故事新鲜动人。他的诗可读性强，可以高声朗读。其中许多诗篇像是一幅画，像一段故事，一篇精致的散文，抒写了诗人对大千世界、人生百态的无限感慨与深刻思考。借用苏东坡称赞王维句"诗中有画，画中有诗"，我想说大民是"诗中有思，思中有诗"，他将自己所见所感所思，都一一写在他的诗篇里。比如：《在我的诗歌里称帝》《我在诗歌里巡视》《寻找另一个自己》等，是作者作为诗人的独白；又如《我是钱》《世界杯真相》《巨丑骇人》《微言秘密》《我怀疑自己是一只猪》等众多篇章，则是作者对现实的深刻观察、思考与鞭挞。至于作者深情怀念爸爸妈妈、美丽草原故乡的诸多作品，如《用诗歌温暖余生》《父亲和我》《梦回》等诗篇，则流露出这位刚正严明的律师心中无限温暖的柔情。不用我更多举例，读者只要翻开这本诗集，细细品味，就会看到一个生龙活虎的杨大民，他朗朗的笑声和怦怦的心跳跃然纸上。

大民的诗集即将出版，他希望我写几句话，令人兴奋的是，我的好友贺茂之将军也欣然为之作序。茂之的文章论理清晰，细致入微的剖析，弥补了我行文的疏漏和粗放。更让我兴奋的是，我结识大民，正是好友茂之的介绍，于是我们都成了好友。

外国的一则格言说："只要告诉你的朋友是谁，我就知道你是谁。"亲爱的读者，让我们欣读大民的诗，诗歌让人们心心相印，让我们都成为好朋友吧！

2019年10月27日于北京

【庞中华】著名书法家、教育家、诗人，中国硬笔书法协会终身名誉主席。

序三：牧马京城的诗

余 均

说到要为杨大民的个人诗集《时光牧马》写序，我很感惭愧。首先，我不懂诗歌，对文学之说也少有了解，更对作品的结构、语言等专业术语谈不出个一二三来。其次，我也不是名人大家，不好由我之说，为读者提供些深刻理解，方便阅读之便。

但，既应了朋友诚邀，就不得不说上几句，或好，或坏，或美，或丑，一任朋友们评说。

我认识杨大民，是在北京的一次内蒙古老乡的聚会上。小伙子英俊、潇洒，风流倜傥，言谈举止颇为不俗。豪爽而不张扬，热情又体贴，仿佛与家人相聚，老友促膝。总之，印象绝佳。

近闻，杨大民将出版个人诗歌专集，初时，令我颇感惊讶。一个敬业又出色的律师，司法工作者，何以写诗，而且写了很多，继而集辑出版了呢？又想，现今社会，跨界者颇多，律师写诗，也就不足为奇了。但，律师写的诗，内容会怎样？令我有所期待。

当我接过《时光牧马》诗稿，静下心来，细细研读之后，不禁为作者在诗集中的所述、所谈、所绘、所讲深深吸引，不由得就有了想写几句读后感的冲动。

读杨大民的《时光牧马》，犹如感受到一阵北方大草原上吹来的风，那是草原上仲夏之夜，月光如水，牛羊安卧，百鸟静音，三两牧人，纵马踏歌，花香扑鼻，令人欲醉欲迷，几几不知归路之风，使人颇有"此景只应天上有，人间哪得几回闻"之慨。

读杨大民的《时光牧马》，又仿佛看到一位健硕无比的草原汉子迎面走来。他驰骋草原，纵横时光，或幼时"弹弓射雀"，或成年"京都逐梦"。时而"拥挤地铁"，时而"归乡牧马"。一任思绪漫漫，挥洒自如。

读杨大民的《时光牧马》，又似在感受一柔情铁汉与亲友细细倾诉对慈母严父、亲兄爱弟深深的爱，令人心驰神往，令人无比钦羡爱慕。更有一种浓浓的乡愁，令远方游子不敢或忘，犹有一种乡恋的冲动，直撞心扉，久久不能平复。

读杨大民的《时光牧马》，还能让人感受到生活的艰辛与不易，同时也能领略到创业路上的种种风光。有时，是一个草原人的"京师之梦"，有时，又是一个创业者回乡的"牧马时光"，有时，似是一位哲人在"咀嚼"艰难的时世与对美好生活的探索，而更多的，是一位远方游子对家人、对亲友深切的感怀和无比的眷恋。

杨大民的《时光牧马》里，有会说话的星星，有飘忽洒脱的浮云。有凭空翱翔的雄鹰，有浅草伏行的蚂蚱。草原上的点点滴滴，诸情诸景，无不入诗，无不成句，为读者展现出一幅幅辽阔草原的生动画卷。

读杨大民的《时光牧马》，仿佛在与作者一起亲历创业的艰辛，一起回味人生的历程，一起分享大自然的美景，一起憧憬美好的未来。

不多说了，虽只言片语，不能表达心中之万一，但总想着为朋友做点什么。我的浅学薄识，而且不及细细品味诗中深意，仅以寥寥数言，妄谈个人感受，仅此就教于人。

愿和杨大民与诸友共期美好未来。

【余均】著名出版家、音乐制作人、学者、作家。文旅部中国民族文化艺术基金会理事，草原文化发展专项基金会会长，中国学苑音像出版社原社长、总编辑。

辑一　咀　嚼

第一声啼哭

我出生的那一天
是三九的第一天
北方最冷的冬天
我来到了人世间
草原的寒夜静悄悄
所有的生命都已冬眠
我睁开眼睛
看到爸妈激动的表情
他们一直在等我啊
接我来这个人间
儿子的第一声啼哭
是爸妈人生中听到的
最美妙的声音
发生在遥远的边疆
消失在遥远的远方
却温暖了他们
整整一个冬天

我们的六一

爷爷的六一
在遥远的民国
像丰子恺的文人画
淡淡　浅浅

爸爸的六一
在新中国的歌声里
歌唱祖国
欢欢　乐乐

我的六一
在春天的故事里
米老鼠　唐老鸭还有说日语的一休哥
蹦蹦　跳跳

女儿的六一
在二课班的课堂上
读书　解题　比分数

起起　伏伏

每一代人都有一个六一
每一代人都有一个童年
只要自己感到快乐
我们的童年就没有虚度

午 后

吃饱

喝足

沏一杯茶

点一支烟

靠在沙发上

琢磨

普希金的午后是不是也是这样？

一边胡思乱想

一边眺望贝加尔湖

金光粼粼的水面上

镶满了他的诗句

"倾听着年轻姑娘的歌声，老人的心也变得
　年轻。"

寻找另一个自己

写诗
不是为了谋生
也不是为争名
只想与自己说话
寻找另一个自己

他躲在我的身后
他藏在我的心底
他天天和我在一起
他时刻都在陪伴我
他就是另一个我

只有写诗的时候
他才会走出来
帮我把汉字
排列成诗行
替我品尝一下
诗歌的韵味

看不清他的长相
听不到他的声音
只留下一排排诗句
文字里有他的影子

另一个自己
你在哪里？
我只能在诗歌中寻找
每天只写一首诗
我就没有虚度
自己的时光

咀　嚼

入夜
一个老头儿
在老街的小酒馆独饮
一碟咸菜
几粒花生
一小瓶二锅头
散发着老酒的醇香

他说你们是在喝酒
我是在咀嚼自己

人生最美的时刻
不就是阅尽千山
漂泊归来
在故乡的小巷
半醉半醒

蚊　子

每一个
夏天的夜晚
你和你的同伙
都嗡嗡嗡地咬醒我的梦
虽然
我的梦里没有金钱和美女
但是
你们必须用鲜血和生命
来偿还

四川蚊子

我在成都酒店的
一张陌生的床上
刚刚睡着

你就迫不及待来亲吻
我的脸、胳膊和大腿
偷窃我的鲜血和美梦

我在睡梦中
与你谈判、争吵、撕扯、搏斗……
最终
我用暴力杀害了你

在后半夜
在天亮之前
在成都酒店的那张床上
有你的血
和我的血

世界杯真相

以为他们是球迷
原来他们是赌徒
以为他们热爱足球
原来他们追求财富

每一个比赛的夜晚
我都能看到
全世界的球星
和全世界的球迷
一起疯狂地下注
这
就是
世界杯的真相

写诗的原因

朋友问我
最近为什么爱上写诗
是不是得了抑郁症

我说是的
写诗是抑郁症的主要病征
胡说
八道
神经
乱语
……
我是重度晚期
轻度和中度的
都
已
经
跳
楼

某一天随想

谁都会死
每一个人
每一个生命

在春天
在夏天
在每一天

死亡
有时候是结束
有时候是重生

邪恶的死亡就是结束
善良的死亡就是重生
生与死也有是非

看那花朵
看那星光
一定都是善良的生命

有关人

课本里说
直立行走
会使用工具
就是人

课本里又说
虽然长得像人
但他是奴隶
不是人
可以和牛马羊一样交换

课本里还说
君君臣臣
父父子子
君让臣死
臣不得不死

战争　饥荒

天灾　人祸
历史课本里
不再讨论
人到底是不是人

直至
法治和文明来到人间
直至
法官和律师
出现在人间
直至
战争转化为诉讼
直至有一个声音
在宇宙间响起
——我反对！

我认识一只蚂蚁

我认识一只蚂蚁
他说他是一名诗人
不懂得动物世界的法则
只知道低头
书写自己的诗歌

他热爱美丽的大自然
从黎明写到夜晚

朝辞白帝彩云间
午后骄阳照火炉
月落乌啼霜满天
夜半钟声到客船

面朝大海
春暖花开

轻轻的我走了

正如我轻轻的来

蚂蚁诗人的世界
永远充满着诗意和希望

我认识一只蚂蚁
他说他是一名律师
热爱法律
追求正义

铁肩担道义
妙手写文章

明知山有虎
偏向虎山行

蚂蚁律师的世界
充满着惊险和惊奇
我认识一只蚂蚁
他说他是一名商人

商海捉过鳖
股市当过龟

挥金如土买名表

一样的北京时间

我认识一只蚂蚁
他说他是一名法官
一定会主持公道
让每一个蚂蚁都能感受到法律的力量

我认识一只蚂蚁
喜欢研究蚂蚁的历史
从蚂蚁的出生到蚂蚁的死亡
原来就是一部蚂蚁的传说

鹰 说

飞翔过草原的天空
才知道天空有那么的遥远
降落在陡峭的悬崖
你依然会展翅再次腾飞

去追逐野兔
去追求鹰的梦想

蓝天
暴雨
秋日
冬雪
是鹰就要不停地飞翔
不停地起飞

你看那人世间
处处都是"雁过拔毛"
你要告诉他们

"雁过拔毛"是一种无奈
但是
如果
草原的雄鹰飞过
你们还要拔毛
鹰
一定会啄瞎
你们的眼睛

鹰说：我们的世界不相信潜规则

专　业

你爱吃面条
天天吃面条
顿顿吃面条
吃面条的时候
经常被其他人看到眼中

什么面条
需要配什么汤料
更有滋味
你说得头头是道
吃得津津有味
反复谈　经常说
在各种饭局上
不停地讲述
有时候还要
写出心得体会发表成文章

时间没有多久

就有人说
你的专业是吃面条

从此，走到哪里
大家都请你吃面条
让你讲经验
他们说你的专业是吃面条
你爱面条
面条也爱你

突然有一天
你悄悄地告诉我
其实
你也爱吃米饭
更爱水饺和油条

疫苗之慌

疫苗如果堕落成病毒
会让整个世界感到恐慌

这两天
人心惶惶
大人担心自己的孩子

这两天
狗心慌慌
它们害怕被人类冤枉

这两天
人的世界和狗的世界
都寝食难安　人狗同慌

人的良心如果堕落
任何疫苗也无法预防和治愈
这个世界的疾病

二百年的差距

二百年前
一个英国医生
通过牛痘克服了天花
他就是疫苗之父——爱德华·琴纳

二百年后
一个中国商人
通过假疫苗成为亿万富豪
她让人的良心得了天花

二百年前
人的身体疾病
就已经可以预防

二百年后
人的良心疾病
依然无法医治

二百年的差距
不是医学技术
而是天地良心

我是钱

我是钱

人人爱我

我不一定爱人人

南来北往的客

起早贪黑地忙

银铛入狱的官

天天叫苦的商

哪一个不是因为和我的爱情

心慌　心跳　心痛

我是钱

我是这个世界的女王

我可以发动战争

我愿意拯救和平

我知道你们

每一个人的心里

都是对我的真爱

我是钱

我更爱富人

我最爱贪官

他们对我的爱

已经义无反顾

有的迷失自我

我是钱

请原谅我的世故

因为人类的欲望

成就了我的残酷

我看透了人心不足

我明白了利令智昏

我的故事

写满了人间的喜怒哀乐

我的历史

就是人类自己的历史

草原上的秘密

狼最近很苦闷
狈在网上揭发狼
性侵
多么敏感的词
动物们经常听人类说
人类还说狼狈为奸

狼
终于在一个夜晚
离开了草原
它要去远方寻找羊
它说它又爱上了羊

一声枪响
多情的狼倒下了
什么性侵？
什么狼狈为奸？
什么狼爱上羊？

在猎人的眼中
不过就是一顿可口的午餐

聪明的狐狸
把这个秘密
悄悄地藏在心底
没敢在草原上发朋友圈

我给学霸当粉丝

我认识一个学霸
他开学在五一班
还没过十一岁的生日
我想当他的粉丝

他的成绩有多好
我相信也只是数字
他的知识有多少
我坚信比十岁的我
多很多
多出了整整一个世纪

我十岁在草原上追捕麻雀
他在为保护草原的叔叔鼓掌
我那时躺在勒勒车上数星星
他却在质疑亚航餐品的味道
我为完成暑假作业发愁
他居然把课本当漫画书

这个少年

问我草原上有没有三甲医院

我瞠目结舌

弱弱地回答

医院肯定有

但没有叫"三甲"的医生

他哈哈一笑

学霸的眼神里

只有知识和对知识的渴望

我向学霸表达

要当他的粉丝

他说

将来在清华园

等我

或者在

剑桥的桥上

学霸的另一意义

一个小孩儿
酷爱学习
他说任何考试都不是考试
那叫游戏
这才是学霸的感觉

只要向我提问
我就给你答案
只要给我试卷
我就给你满分

学习的快乐
考试的快乐
都是学霸的快乐
家长和老师
最喜欢这样的孩子
他给老师和家长
带来了更大快乐

这是学霸的意义

一位教育学家说
用优异成绩征服
不需要家长求人
颠覆成人世界的潜规则
是学霸的另一个意义

我应该是一个假人

昨晚

和几个真人聚会

他们带着真酒

我肚子疼　拒喝

吃了肠胃宁

还疼

有人说我吃了假药

有人说我肚子疼

疑似吃了真东西

我开始怀疑自己

我应该是一个假人

打过假疫苗

吃过假牛奶

喝过假酒

抽过假烟

说过假话

买过假画

看过假新闻

穿过假名牌

写过假文章

早晨醒来

我很震惊

一个假人怎么

还能苟活在人世间？

要么

这个世界是假世界

要么

我应该是一个假人

于是

赶紧写一首假诗

去探探

真实的朋友圈

都是尘埃

我见过漂亮的面孔
也认识有趣的灵魂
和他们一日三餐
陪他们一年四季

在花开花落间
感受生命的悲喜
在日出月明间
品尝生活的滋味
在斗转星移间
认识人间的套路

最终
或化作烟雨
或变成泥土
都不知去了哪里
我跪在大地上痛哭
我哭这生命的脆弱

所有的努力

都是一场虚无

所有的脸谱　服装

标签　符号　logo

和我们的生命一起

化成颗粒

在火焰中燃烧

在空气中飞翔

秋　雨

秋天的雨
开始下了
树林里的蝉都闭上了嘴
草原上的蚂蚱开始写遗书
鸿雁正在挑选南飞的日子

秋雨落在
首都剧场
酷热的夏天要走了
热闹的聚会结束了
曲终人散时
明星们感到孤独和寂寞

秋雨落在
秦城的窗台上
那些服刑的人
听到雨滴声
比任何人还要孤寂凄凉

秋天的雨

落在百姓的屋檐下

菊花开了　葡萄熟了

男主人喝着二锅头

已经醉倒在沙发上

秋之悟

我知道秋天
是一个成熟的季节
每一个生命都要表达真诚
菊花要怒放
葡萄爱垂涎
蚂蚱真纠结

我懂得秋天
一定比夏天更丰富
麦子熟了
可以写诗
果子熟了
五谷丰登

秋天
我就去地里起山药
在每一颗土豆的脸上
写一首爱情诗

在这个多彩的时代
告诉每一个年轻人
自然
才是最时尚的美丽

理发师的自白

我叫理发师
只有一个小理想
做人间头等大事

我俯视
所有人的头颅
富豪　权贵　平民　罪犯

我可以
在任何人的头上
动刀　动剪　动手

我把你们的青春　刺头　白发
剪落　梳理　修整

我要让所有人
在镜子中闪亮
在人世间闪光

自言自语

写诗
本来是
自己和自己说话
自己哄自己开心
不必当真
结果有人当真了
开心
就离我越来越远
但我还得
自言自语

九月的最后一天

九月的最后一天
从城市到乡村
依然车来车往

没有人去关心
那些明星的葬礼
谁的亲人在哭
秋叶就为谁凋零
谁的朋友远行
秋风就为谁呜咽
谁的生命消逝
秋雨就为谁泪流

九月的最后一天
从城市到乡村
已经是车水马龙

爱你的人依然爱你

不管城市还是乡村

九月的最后一天

仅仅是生命里的一天

十一漫步

十月金秋

蓝天里白鸽翱翔

红色旗帜插满城乡

我漫步在秋风里

走向春天

也许在冬天的瑞雪中

与你相遇

一起回忆童年

我们在堆雪人时

谈过的理想

被现实的阳光融化

你借给我的小人书

还在我的书房里

书里夹着你收藏的糖纸

我最喜欢的香烟盒

上面记录着你我的昨天

在每一个叫国庆的节日

我们除了游戏就是玩耍

直至你喜欢上旅游

我还在秋风里漫步

冷

立冬日

我来到草原

一望无际荒无人烟

我走到海边

只听见水鸟的叫声

我跑到戈壁

人的脚印都消失了

我回到城市

遇见市长　局长　行长

自来水公司经理

每一角色都瑟瑟发抖

每一张脸都没有表情

只有勤劳的清洁工

地铁里的流浪歌手

看上去有人的血色

他们的劳动和歌声

在这个冬天

温暖了整座城

取　暖

晚秋的风

吹过我的朋友圈

我看到有人加衣裳

有人开空调

取暖的方式

还可以

倾听　舒缓的音乐

欣赏　多彩的油画

阅读　温馨的文章

回忆　美好的过去

无用之事才会

让生命

更加温暖如春

面对癌

每一分钟
都会有人逝去
每一分钟
都会有人患癌
这是人类的宿命
也是生命的常态
你和我能做的只有
在黑色一分钟到来前
完成自己的人生作业
写好各自的生命日记

如　果

如果没有饥饿
温饱就不是幸福

如果没有失眠
入眠就不是治愈

如果没有善良
邪恶就不是邪恶

如果没有专制
法治就不会闪光

如果没有冬季
春天就不值得期待

如果没有你我
万物就失去了意义

如果没有如果
世界就不再有未来

异国寻路

有人去罗马

有人去柏林

有人去纽约

有人去莫斯科

他们在异国的大街上

见到了

上海人

山东人

河南人

东北人

他们用娴熟的英语

在沟通　在交流

我走在北京的大街上

遇到了

罗马人

德国人

美国人

俄国人

他们用流利的汉语

向我打听去往故宫的路线

少了一只鸟

机场里的你
似一只鸟
在天空上飞来飞去

职场里的你
像一只鸟
在大地上四处觅食

一个小孩儿
拿起弹弓
玩耍着把鸟击落

天空中少了一只鸟
大地上少了一只鸟
鸟窝里少了一只鸟

天空依旧
大地依旧
鸟巢里传来哭声

我们只是一个符号

我的符号是我的名字
你的名字是你的符号
如果你我都没有名字
你我在世上如何识别

你点一碗桂林米粉
我要一份大同削面
如果食品没有名称
你我如何区分美食

你穿法官的制服
我着律师的西装
两种服装两种角色
角色不同职能不同

你住太阳园
我住月亮园
如果小区没有名字

我们都会走错家门

医生治病老师育人
僧人读经学生读书
职业符号身份符号
物的符号人的符号

符号已将世界瓜分
生活在符号的世界
你不是你我不是我
我们只是一个符号

床

你迎来了多少生命
就送走了多少生命
有人在你身上哭
有人在你面前笑
你知道每一个人的秘密
你承受每一个人的体重
睡了　醒了
醉了　醒了
你守护着所有人的梦
在每一个午夜
在每一个午后
你说：床上的事才是人事

夏天里最后一声蝉鸣

夏天的最后一个夜晚
我遇到了蝉
它的心情很好
它的表情亦好

我问蝉
为什么如此愉快
蝉说它要走了
走完了蝉的一生

我说你不留恋这个世界
蝉说它的一生很精彩
见过牡丹花的盛开
闻过夜来香的清香
听过百灵鸟的歌声
还和蛐蛐聊过虫生
它已经没有了遗憾

我又问蝉

可否为我留下最后的蝉语

蝉说：

螳螂捕蝉　黄雀在后

来生

我要与黄雀

和小孩儿做好朋友

蛙　声

一只草原鹰

被猎人的子弹

击穿了翅膀

跌落进一口井中

昏迷中苏醒

听到青蛙们谈笑风生

瘦青蛙说我曾经在井边

偶遇过月亮

哎哟　　比我们的井还要大

胖青蛙马上反驳

月亮绝对没有我们的井大

我每晚都在井下瞭望它

一群小青蛙跑过来

爸爸妈妈

有一只麻雀成精啦

跌落到井中

突然变得那么庞大

瘦青蛙大喝：不要造谣

胖青蛙大怒：不许传谣

小青蛙们委屈而泣

井下传来蛙声一片

桃花劫

知名教授
演艺明星
社会公知
得道高僧
著名主持人
上市公司CEO
曾经的娃娃们长大啦
喜欢月黑之夜谈人生
在那桃花盛开的地方
寻找自己可爱的家乡
却忘记了恩师的叮咛
小心，花粉过敏
当心，香水有毒

夜　宴

华灯初上时
人间处处有烟火
缓缓车流散去
城市被情意浸泡
酒楼里推杯换盏
酒盅内斟满故事
三十八度的衣食住行
四十二度的爱恨情仇
五十二度的权争利夺
那人　那事　那理
被酒精麻醉消毒
感谢杜康先生
让世间有酒
酒花的芬芳啊
飘香在每一个夜晚

诗歌的模样

我不知道诗歌
应该长成什么模样
浓眉大眼
还是柳叶弯眉
亭亭玉立
还是楚楚动人

我不知道诗歌
应该具有怎样的性格
热情豪放
还是腼腆婉约
能说会道
还是寡言少语

我只知道
诗歌是人类的语言
我只相信
诗歌是自己的心声

我只明白
诗歌是生命的体验

她一定是通俗的
她必须是真诚的
她肯定是真实的

诗歌的模样
在每一个诗人的心里
诗歌的模样
在每一位诗人的笔下
诗歌的模样
就是每一首诗的样子

我就是一个诗人

把汉字排列好
把句子竖立好
把感情表达好
把思考呈现好
我就是一个诗人

诗人不是职业
没有资格考试
《诗经》是我的宪法
没有顶头上司
屈原是我的导师
没有绩效考核
写诗是我的作业

有灵感就写一首
没时间就睡一觉
可以笑傲江湖事
也可点评古与今

我就是一个诗人

愿意为百姓唱赞歌
可以让帝王说人话
一草一木一花一虫
是我窥探世界的眼
诗歌是生命的体验

我就是一个诗人
漫步在钢筋水泥的街道
感受在追名逐利的人间
书写在春去秋来的四季
创作在悲欢离合的今生

太阳升起来　还会落下
月亮消失了　还会出现
诗人来到这个时代
就要把思索与疼痛
变成诗行

我不是诗人

我不是诗人
诗人在遥远的战国
就已经死了
死在五月的汨罗江
他的离骚和天问早已风化成黑黑的木化石
他的九歌和九章也已变化成绿绿的粽子叶

我不是诗人
诗人在三十年前的春天
就已经去了远方
从昌平出发
从山海关启程
到很远很远的地方
劈柴　喂马
面朝大海　春暖花开

我不是诗人
因为我还苟活在人世间

上班打卡　养家糊口
喝酒上网　微信抖音
除了写一些正确的废话
谁还敢写诗
更不敢抱起任何一块石头走向任何一条江河

我不是诗人
诗人都已经去了远方

诗与远方

飞机上写诗

一种特殊的体验

每一个汉字都离开了地球

无拘无束在云中漫步

每一对词组都失去了引力

蹦蹦跳跳任意组合

每一行诗句都飘飘欲仙

俯瞰地球评点诗圣

飞机上写诗

一种跳出三界的感觉

不见人间烟火

没有俗事烦心

婉约的开始豪放

豪放的更加豪放

自由是诗人的理想

谁可曾在天上写诗?

李白杜甫陆放翁

只能举杯望明月

他们的诗句可以传世

我的诗句不能回地球

让它在天上飘吧

飘到哪里

哪里就是诗与远方

不接地气的诗

去南方的飞机上
我想写一首诗
一首不接地气的诗
从头写到尾
都是飞翔的感觉

鸟瞰八千里山川
云和月
俯视九万里江河
诗与歌

窗外，未见吴刚饮桂花酒
远方，看不到玉兔伴嫦娥
只有那朵朵云团悬挂天边
无依无靠　没有方向
诗歌热爱自由
但是得有方向
喜欢飞翔的感觉

更希望飞机赶紧落地
我要回到大地的怀抱

月光下写诗

一个人

在月光下写诗

文字就默默无语

不能像辩护词般有声

而要像月光一样静谧

悄悄地走进夜晚

走进梦乡

抚摸忙碌一天的主人

偷走他的疲倦和烦恼

温柔地杀掉那只蚊子

把它埋在烟灰里

等待天明

窗外风起

在我的诗歌里称帝

每一个男人
都有一个英雄梦
历史上　现实中　网络里
帝王将相　英雄辈出
我只能在我的诗歌里
称帝
不需要满朝文武　十万铁骑
不需要三宫六院　七十二妃
一盏灯　一支笔
就可以治国理政
一本书　一杯茶
就可以依诗治国

诗歌王国里
都是咬文嚼字的诗人
灯　笔　书　茶
就可以完成建国大业
谁有异议？

就赐君一壶酒

令李白与君饮

飘飘欲仙中

煮酒论英雄

可以唱颂歌

不可妄议天下诗人

杀光所有评论家

让诗歌成为母语

让诗歌成为图腾

我喜欢诗歌和童话

我是一名律师
但不喜欢法律人的生活
法庭　监狱　看守所
每一面墙都是冰冷的
法官　警察　公诉人
每一个人的脸色都是一个模样
不会哭　也不会笑
所有人都用一个声调
在说话　朗诵　歌唱
还是吓跑了圣母院里
那个叫卡西莫多的撞钟人

我是一名律师
但不喜欢辩论和争论
每一次出庭都像是打仗
唇枪舌剑　你争我夺
一纸判决粉碎所有的努力
又重塑所有的希望

有时比诗歌还婉约

有时比童话更虚幻

我是一名律师

但我更喜欢诗歌和童话

格格巫是个坏人

就应当恐惧正义的宝剑

堂吉诃德和他的瘦马

必须为梦想一次又一次冲锋

在第一千零一次的时候

我们要把公平和正义的诗句

写在那些冰冷的墙上

我在诗歌里巡视

我的诗歌只属于我
与任何人都无关
却与这个世界有关

清晨
我在诗歌里耕耘
为黄瓜　豆角　向日葵浇水
花藤绿叶希望一天天茂盛

中午
我在诗歌里劳作
给鸡　鸭　鹅　鹦鹉　布谷鸟喂食
它们的争吵就是为了一把米

傍晚
我在诗歌里巡视
关窗　点灯　给孩子们讲故事
堂前弄子赛过功名利禄

深夜
我在诗歌里入眠
蛙鸣　蝉叫　我的呼噜声
没有旋律只有香甜

生活就是一首诗
与任何人都无关
我的诗歌只属于我

我陪猎人巡山

布谷鸟的歌声
飞龙的哨声
沙鸡的合奏声
从森林里传来

我陪猎人巡山
一会儿树上飞起一只鸟
一会儿地上蹿出一只兔
一会儿身后闪过一只鹿
我羡慕猎人的生活

他说动物世界也有秩序
弱肉强食就是一种法则
猎人的另一职责是抑强护弱
强者无度就会破坏生态

我对猎人肃然起敬
悄悄地问如何限制强者

他说这是猎人的秘密

生态平衡才是猎人的目标

狼的冬天

前方

没有路

白茫茫一片

背后

没有路

一片白茫茫

只有瑟瑟寒风

还有枯树乌鸦

这就是狼的冬天

孤独寒冷迷茫

只能独自忍受

唯有彼此鼓励

坚强坚韧坚持

才能等来

有路的春天

大 雪

除了洁白的雪
滑雪的运动健儿
还有谁
会喜欢冬天啊
冷飕飕的天空
灰蒙蒙的心情
雾茫茫的记忆
哆嗦嗦的表情
写满了
对春天的渴望

霾都孤儿

初冬

我在雾霾笼罩的城市

寻找空气和蓝天

就像狄更斯在雾都寻找

那个叫奥利弗的孤儿一样

我走在大街上

却遇不到一个露脸的人

他们都躲在口罩的后面

分不清扒手还是便衣

我有些紧张

感觉自己也是一个孤儿

蓝天和空气

就是那个富人布莱罗

你在哪里啊？

你快出来吧！

收下我这个霾都孤儿

我不想再四处流浪

我只想在阳光下独行

暴风雪

冬天的傍晚

远方传来

一个又一个

坏消息

故乡下大雪啦

路上很滑

山里很冷

有人

从山顶坠入谷底

有人

在路上遭遇事故

还有一个

钢筋水泥盖起的家

居然被大雪压塌了

孩子和老人啊

将如何熬过

这个寒冷的冬天?

面对大自然

人类是多么的渺小
面对暴风雪
生命是多么的无助
我想起父亲的叮咛
"晴天防雨天
丰年防灾年"
只可惜
父亲的话啊
却没有人能够听懂

奈曼怪柳

几千年的风
几千年的雨
几千年的沙尘暴
几千年的暴风雪
终于
风干了岁月
造就了独特的你
——奈曼怪柳

剩　叶

秋天最后一片树叶
落在我奔波的路口
被陌生人踩踏
被秋风卷起又吹远
冬天越来越近
故乡已经飘雪
我还得整装出发
去寻找下一个春天

冬日偶得

我走在冬天的寒风里
不敢呼吸也不愿思考
只想让自己赶紧逃离
用最短的时间
来抵御大自然的冰冷
用最快的脚步
去拥抱人世间的温暖
只想吃一顿火锅
和小伙伴们
围在火炉回忆童年
棉猴儿　棉袄　大头鞋
滑冰　滑雪　糖葫芦
还有课本里那个
卖火柴的小姑娘
她点燃的火柴
就是温暖与希望
再冷的冬天也怕阳光
再长的黑夜也怕未来

莫 名

我认识的人都走了
他们去忙各自的事业
工作　生意和酒局
我一个人留下来
开始阅读　写诗
突然感到莫名的惆怅
发现那些忙碌的人
很辛苦
为了一场莫名的游戏
我从普希金的诗歌里
遇到了公爵和拾荒人
我从卢梭的《忏悔录》里
见到了贵妇人和仆人
我从故人的回忆录里
读到了人斗人人整人
我从犹太人的档案中
窥探到人曾经灭绝人
故事里的人都走远了

难道故事就结束了吗？
那些主人公的人性呢？

空　洞

我问c君

这个城市有变化吗?

c君说：有变化

有山　有水　四季分明

我又问w君

w说：当然有变化

车越来越多

房子越盖越高

最后我问r君

r君笑曰：哪里有变化?

还和以前一个样子

我瞠目结舌

想继续追问

r君笑而不语

指了指街上的人群

我看到了熟悉的面孔

还有熟悉的空洞眼神

骡马世纪

每一个人都像学生

在评委面前谦恭有礼

阐述自己对题目的理解

把自己的答案讲出来

然　后

等待成绩

等待结果

考试不仅是学生的专利

学生家长也在天天迎考

只不过

有的叫竞标

有的叫竞争上岗

二十一世纪

真是一个

是骡子是马

拉出来遛一遛的世纪

巨丑骇人

作家老臣说
丑陋不可以放大
放大会怀疑人生

我想象出一幅画面
和人一样高的蟑螂
与人一样大的老鼠
突然站在我的面前

那是多么地惊悚
我已来不及怀疑人生
魂魄早已被巨丑吓丢

二〇一八年的最后一首诗

从前以为
写诗的只有李白和海子
现在发现
其实每一个人都是诗人

从前感觉
诗人不是飘逸就是抑郁
现在忽觉
飘逸的都是诗人
抑郁的多是官人

从前羡慕
出有车　食有鱼
现在体味
只要心安白菜莜面更香

从前觉得
市场经济抛弃了诗人

现在方知
诗歌属于任何时代

从前向往
繁华的都市霓虹
现在青睐
鸡犬相闻的黎明

从前喜欢
呼朋唤友的热闹
现在沉醉
禅茶一味的宁静

从前仿佛
诗人不食人间烟火
现在好像
写诗的人都在人间

从前只属于从前
现在才属于自己
不管世间如何喧嚣
诗人都会在自己的诗里
享受孤独　品尝寂寞

我怀疑自己是一只猪

除夕春晚
刘谦魔术
我为他热烈鼓掌
他一边用人格名誉保证
一边从壶里变出红酒啤酒
豆汁热饮和白砂糖
初一网友破解
见证奇迹的时刻
不过是刘谦换壶
猪年
我怀疑自己是一只猪

初二走进影院
疯狂外星人原来是一只猴儿
我的同胞都是耍猴人
外星生命现代文明
在笑声中变成了笑话
意淫是票房飙升的艺术

猪年

有人祝我诸事顺利

可我怀疑自己是一只猪

微信秘密

街道上
行走的人
写字楼里
办公的人
酒店里
喝酒的人
学校里
读书的人
会场上
鼓掌的人
法庭内
争论的人
监狱里
服刑的人
舞台上
表演的人
在微信里
都是
另一个人

真　相

有人
在追求真相
有人
在掩饰真相
有人
在追问历史
有人
在掩盖历史
真相
一定在历史中
历史
却真没有真相
我和你
永远都在阅读
别人书写的历史
在作者的字里行间
寻找历史的真相
和真相的历史

在路上

从第一声啼哭

到最后一次呼吸

我的身体和灵魂

都一直在路上

从草原出发

从故乡启程

理想亲情给我导航

蔬菜粮食为我加油

书籍思想帮我充电

漫漫旅途看日出日落

跋山涉水见物是人非

生老病死悟草木一秋

走了一程又一程

蓦然回首

少年已白头

路还在远方

我还在路上

只是啊

不想在远方寻找未来

只想回故乡找寻自己

辑二　北京　北京

北京站

从前
有多少人从这里到达
现在
又有多少人从这里出发

到达的　还会再出发
出发的　还会再到达
只是调换了不同的方向
只是提高了前进的速度

人的一生
总是在一次次出发
又总是在一次次到达
直至
精神不能再到达
直至
身体不能再出发

彼时

方向会对速度说

你和我都走错了地方

北京站还在北京

九月：我的一九九三

绿皮火车

消失在城市尽头

我要去远方寻找未来

一九九三年的秋天

我不知道远方在哪里

只相信梦想是坚强的翅膀

每一个早晨都充满希望

阳光洒满京郊的校园

军都山下有诗人的传说

暴雨之前他去了远方

他的远方更加遥远

要坐火车　要出山海关

他在那里劈柴　喂马

他在那儿面朝大海春暖花开

我在他写过诗歌的课桌上

抄写古罗马的法律

听那个从海湾归来的大个子

讲巴格达战事谈罗伯特·卡帕

法大幸好有恩师江平田文昌
还有345诗社艺术团法通社
要不然青春会被冰冷的法律
拘留　逮捕　审判　窒息
那一年
校园民谣风靡九州
高晓松老狼不是我的同桌
他们都是浪漫的诗人
长发飘飘　追风逐梦
歌唱我们共同的青春

北京　北京

清晨，一只喜鹊
从城南飞到城北
穿越整个紫禁城
傍晚，一只麻雀
从城东飞回城西
不知经过多少世纪的门

什刹海岸边的水鸟根本不知道
这座城的昨天有多长
北京站上的时钟
总是准时准点告诉世界现在是几点几分
所有的故事都消失在流逝的时光里
帝王将相　才子佳人
谁不是历史的尘埃？

CBD街区的霓虹和三里屯酒吧的喧闹
是对外乡人的欺骗与诱惑
多少人为了一杯咖啡加糖

追逐到这里
他们鼓励自己说有梦想就会有远方

金融街写字楼里的那个老男人
已经昏昏入睡
梦里见到了儿时的小伙伴
他也在看世界杯
还有村里的大黄狗

北京地铁

一个异乡人
自称追梦人
在北京地铁里穿行
这是外乡人与北京人共享的交通工具
他说其实地铁里的每一个人都有一个梦
不要拥挤
不要挤成照片
最好
能有一个座

北京的下午

吃完午饭
就是北京的下午
地铁里
依然挤满了赶路的人
去赴约　去谈判
去开会　去机场
每一个人的脸上都写满焦虑
不像成都
或杭州的下午
是悠闲的慢生活
一杯杯龙井
一声声古筝

北京的下午
各种各样的会议
在各个大楼里
召开
开会人的表情

和地铁里赶路人一样
杯子里的茶叶
也叫龙井

一样的茶
却喝出不一样的味道

北京的下午
马上就要下雨
下雨的北京
很快就要堵车

北京的秋天

叶子
落在北京的大街小巷
落在大学的林荫道上
等你来
用双脚踩出响声
等你来
站在落叶上
看晴朗的天空
北京的秋天
不冷　不热
你来了
秋天就来了

北京的傍晚

夕阳里
车流缓缓
没有早晨的急躁

地铁里
步履依旧
还是白天般急切

下班
卸下一天的辛劳
回家
放松精神与心情
北京的傍晚
变得慵懒和轻松

华灯初上时
簋街的酒楼里
年轻人又谈起了

理想和明天

红彤彤的小龙虾
除了麻辣味
还有人情味

好人好梦

今夜
我不想讨论那个白衣男子
是正当防卫还是防卫过当
至少他还活着

今夜
我只关心屋子里的蚊子
如果吵我的梦吸我的血
丝毫不留情一巴掌拍死

今夜
我想做一个美梦
没有蚊子骚扰
没有不法侵害

今夜
法学家和律师都好好睡觉
害虫之死的法律逻辑
就是好人好梦

出　口

在法学院图书馆里
看到各类法律书籍
把人类社会自然万物
定义　划分　界定　规范

立法者制定的所有规则
形成一个密密麻麻的大网
就像中国航空铁路交通网
横跨东西　纵贯南北

一列列动车高歌猛进
一架架飞机天地翱翔
速度和秩序并肩
效率与规则同步

新入学的法科学生
就像走进迷宫黑洞
眼花缭乱两眼摸黑

找不到回教室的路

看门的大爷告诉他
继续走　使劲走
走到国际法的尽头
就是图书馆的出口

秋天十四行

谁在费城的秋天里不停行走
难道是那个追逐法治的律师
他的手里拿的是什么?
莫非是修改的《宪法》　丹诺的书
麦迪逊　林肯更喜欢秋天的费城
喜欢费城自由钟的钟声
还有路边的法国梧桐树
《波斯人信札》就长在这棵树上
它来自孟德斯鸠的故乡
信札里的教士　绅士　荡妇　权贵　路易十四
　　都已变成枯叶
在秋风秋雨中飘零
智者说:在苦难中才更像一个人
那个行走的律师才是文明的希望

今生有悔

写一首诗　读一篇文
办一个案　去一座城
我都感到时光没有虚度
闲下来　静下时
我却感到异常的恐惧

过去的时光啊
我错过了多少座城
少读了多少本书
漏写了多少首诗
没有完成多少案件

我突然间想哭
时光正好时
我在哪里？
浪费了多少宝贵时间

回首时

已经不再年轻

最好的时光

我没有疯狂

没有如饥似渴地求知

没有废寝忘食地创造

没有歇斯底里地歌唱

没有风雨无阻地奔跑

我后悔

我懊恼

我要追回逝去的时光

我要追住我的青春

我要疯狂

我要奔跑

我要创造

我要让余生

燃烧青春之火

我要让生命

不负万物之灵

租房时代

那个时代是年轻时代
我们的心里有一个梦
住在哪里都月明星稀
有床有被就心满意足

那个时代是追梦时代
少年有梦不在乎清贫
工作在哪里就住哪里
单身日子要习惯搬家

那个时代是成长时代
左邻右舍也阳光如我
通宵的游戏半夜的酒
青春如歌像绿皮火车

那个时代是快乐时代
往日时光有音乐相伴
心中的梦就长满翅膀

生命驿站在租房时代

那个时代是难忘时代
北漂故事已酿成老酒
苦乐艰辛变美好回忆
租房的岁月不负青春

数据时代

在这个时代
我不是我
你也不是你
我们只是一堆数据
打印在各种纸片上
成绩单　话费单
体检单　工资单
缴税单　消费单

我们的数据
被那个叫芯片的机器人
保管　掌控　计算

流量和数据
实时反映我们的状态
大街上走动的
不仅仅是人
还是人的数据

刚刚走进北京站
身份证上的数据
火车票上的数据
让我顺利通过

在数据时代
保护好自己的数据
就是对自己的爱护

理性之罪

每一次开庭
都是一次考试
每一次开完庭
都轻松许多
我走出法庭
写两首诗
释放一下自己
斟一壶酒
让感性的我
陪理性的自己
一醉方休
诗人醉了
律师还在回味
刚刚的庭审

为了收藏为了佛

——为佛像收藏家李巍胜诉而作

一场诉讼历时两年
为了名誉为了佛
收藏四十七载捐赠五百尊
为了普陀为了佛

从西北大漠到舟山之滨
穿山越岭　跨海行舟
一生只做一件事
收藏佛像这一生
为了收藏为了佛

你不要被苍蝇的噪音骚扰
峰会的大展已经证明
你不要因闲言碎语而心烦
胜诉的判决已经明证
你不要再为蚂蚱哀号动心
普陀山的晨曦映你心欢喜

几场诉讼　几纸判决
已成为昨天的收藏往事

你收藏保护的千尊佛像
从历史的深处
从普陀山的寺院
从汉藏文化的发源地
发来同一声祝福
阿弥陀佛　阿弥陀佛

年会一角

年底
人人都在开会
总结之后是展望
闪光灯下每一张脸
都是对未来的憧憬
对过去一年的回味
也有一些人
躲在角落里
静静地
欣赏着
这人工制造的繁华

二〇一九：证人怀柔

来，安抚
这是怀柔
在古汉语中的意思
来，开会
这是现代人
认识和理解的怀柔
雁栖湖畔
日出东方
人们在这里
谋定自己的未来
把昨夜的梦
实现在明天
心想方能事成
怀柔，是这个时代
所有追梦人
奔跑的证人
圆梦的证人

生活永远高于艺术

成年人的故事
都写成了小说
拍成了电影
或者在电视里
实话实说

小说里的人
电影里的人
拿话筒的人
好像都不再是凡人

抹上油彩就是
生旦净末丑
说的是台词
演的是角色

创作时他们说
艺术来源于生活

但艺术高于生活

洗掉油彩他们说
你不能抄袭
你不能影射

摘下面具他们说
你在偷税
你在侵权

小说里的人
电影里的人
拿话筒的人
原来都是平凡的人

诗人"真实笑"说
艺术来源于生活
但生活永远高于艺术

老　酒

比我还老的酒
比你还老的酒
一起敬老友
感谢苍天厚爱
一起走过风雨
转眼十几春秋
崇学山庄依旧
桂林的山
海宁的水
资源的风景最美
那个少年
雨中跋涉
一个小时的行走
沉淀了今天的老酒

辑三　牧马余生

故 乡

只有漂泊的云朵
才眷恋故乡的蓝天
只有跋涉的游子
才遥望故乡的山川

故乡的天空
永远没有雾霾
故乡的小溪
永远清澈叮咚

走过万水千山
更想念故乡的山水
阅尽世间美景
更怀念故乡的月光

故乡啊，故乡
你仍在远方
故乡啊，故乡

你永远都在那里

眺望着远走的孩子
保佑着奔波的我们

寻 根

我的弹弓

丢失在童年

我的童年

遗失在故乡

谁承想

需要我

用一生

去找寻

草原音乐节

一只雏鹰
飞过草原的天空
看到很多很多的人
在那里狂欢

人们在集体撒欢儿
把城市里憋了一年的
喜　怒　忧　思　悲　惊　恐
都倾泻在草原上

远处的山岗上
两只狼
在徘徊　张望
它们永远无法理解人类的烦恼
除了满足温饱
还需要
每年到这里一起撒野

144

归来的故乡人

北京的北方是故乡
故乡的柳兰花正开
草原人斟满下马酒
迎接归来的故乡人

北京的北方是草原
草原的歌声最动人
远方的朋友留下来
草原的美酒不醉人

北京的北方是远方
远方的琴声真迷人
悠扬的旋律在呼唤
呼唤想家的草原人

北京的北方是北方
欢迎八方的故乡人
故乡的草原最美丽
拥抱归来的故乡人

故乡的小路

故乡的小路
那时　没有柏油
尘土　沙石
一直延伸到远方

走在故乡的小路
我就回到了故乡
从远方归来
永远是梦中的美景

我朝着家的方向奔跑
我呼唤着妈妈
妈妈　儿子回来了
妈妈　儿子回来了

家里的房门紧锁
妈妈不知道去了哪里
我走在故乡的小路上
但再也回不去儿时的家

站在北京望草原

站在世界最大的广场
看到一群白鸽在往北飞
北京的北方是故乡
我站在北京望草原

七月的草原柳兰开
草原的客人八方来
相约在故乡忆童年
一杯杯美酒不醉人

站在北京的夜空下
璀璨的霓虹蒙蔽了谁
北京的北方是草原
草原的星星会说话

站在北京望草原
放下梦想回故乡
人生得意一杯酒

草原撒欢儿更醉人

站在北京望草原
幸福的滋味涌心头
回头笑看来时路
放眼云端再出发

躺在故乡的床上

夜晚
月明　月圆
我躺在故乡的床上
亲吻故乡的明月

窗外
还是三十五年前的月亮呵
三十五年前的小男孩
回到了故乡

小时候的月亮
那么大
那么亮
和妈妈打的月饼一样圆

我在那月光下
陪爸爸一起组装过猎枪
我在那月光下

听妈妈讲过三百六十五夜的故事

躺在故乡的床上
我就回到了童年的梦里
故乡的明月还记得我吗
偷吃月饼的小男孩儿回来啦

我的影剧院

我的影剧院
还在那里
整个城市
她是我唯一的记忆

小时候
我在这里看电影
《木棉袈裟》
《高山下的花环》

电影海报
是那个时代最美的风景
我一个人坐在台阶上
等待电影里的人

长大后
我才懂得
我等的那些人叫明星

他们是很多人的记忆

我的影剧院
还在那里
她的故事比电影更感人
她是这座城市的证人

童年记忆

夏日傍晚
草原的余晖
照在我的脸上
我还在野外玩耍
不肯回家

牧场的炊烟
已经袅袅升起
我闻到了馒头的麦香
听到妈妈在喊我吃饭

我收起我的弹弓
朝家的方向走去
东张西望的田鼠
活蹦乱跳的青蛙
蚂蚱　戴胜　无名鸟
在我的身后狂欢啦

梦　回

几回回梦里回草原
回到了故乡　回到了牧场
一排排红砖房炊烟袅袅
一匹匹黑骏马驰骋草原
远处的白音湖天鹅飞舞
身后的敖包山祥云飘飘

几回回梦里回草原
回到了故乡　回到了童年
父亲的黑骏马还在驰骋
母亲的勒勒车漫步林间
时代的口号镶在万岁山上啊
童年的野兔藏在柳兰花丛中

几回回梦里回草原
回到了故乡　回到白银库伦
一行行热泪湿润了脸庞
一声声问候呼唤着乳名

巴特和塔林呼回到了草原
手把肉和奶茶唤醒了童年
蒙古歌和马奶酒喝醉了草原

回到了故乡　　回到了草原
手把肉和奶茶唤醒了童年
回到了故乡　　回到白银库伦
蒙古歌和马奶酒喝醉了的草原

孩子的夜

午夜
整个世界都入睡了
不要喧哗
孩子们还在写作业
书桌上的台灯
照亮了他们的世界
满天闪烁的星星
一半是孩子的灵感
一半是求知的眼神

九月四日写给女儿的诗

你的第一声啼哭
是爸爸在这个世界
听到的最动人的声音
这个声音告诉我
你——来——了
来到爸爸的生命里

你的第一次受伤
是在学校跳绳的游戏里
你的脚腕疼痛
爸爸的心脏跳得更加心慌
父女连心
你我本来就是同一个生命

我的女儿
今天是你的生日
也是爸爸的节日
爸爸写一首小诗

祝你生日快乐
愿长生天福佑你的一生

牧　归

在我很小很小的时候
妈妈带着我
在草原上
捡牛粪　拾枯木　割秋草
用麻袋装好
用柳条捆好
装满整个勒勒车
再用粗绳加固好

开始回家
我就躺在
牛粪袋上
枯枝堆上
秋草垛上

看草原的落日
天上的星星
远处蒙古包的炊烟

听勒勒车
咯吱咯吱的牧归曲

妈妈赶着牛车
往牧场的方向走
我数着天上的星星
睡　着　了

我家的猎犬
一前一后
与勒勒车同行
保护着妈妈
和做梦的我

布仁巴雅尔没有走

秋天的早晨
海拉尔传来
一个冰冷的消息

你走了
去了天边

这怎么可能啊？
你的鸿雁
刚刚从湖边振翅南飞

朋友告诉我
布仁老师真的走了
永远离开了草原

我不敢哭啊
怕惊扰那南飞的鸿雁
半路折返

呼伦贝尔的秋天
已经越来越冷

每一个爱你的人
都无法接受这个噩耗
除了质疑　求证　惋惜
就是一遍遍听你的歌曲

亲爱的布仁巴雅尔老师
草原上处处都是你的歌声
整个中国　整个世界
都在传唱你的歌曲
你怎么就走了呢?

你根本就没有走
明年的春天
春暖花开的时候
你和你的鸿雁就一起回来啦
回到多情的鸿雁湖
回到蓝色的内蒙古高原
回到呼伦贝尔大草原
回到父亲的草原母亲的河

路过八宝山

这是一座神奇的山
山上有一条通天的路

这是一座神秘的山
山里的故事不再神秘

一样的开始
一样的结束

也许你富可敌国
或许她倾国倾城

不管英雄美女
还是将相王侯
抑或一介草民

在这里
才看清自己

来这里

才明白生死

到这里

才放下悲喜

牧马余生

我出生在草原
把故乡留在了远方
我从童年出发
路过多少人的故乡

长城内外远眺黄河两岸
巍峨五岳俯瞰海纳百川
鱼米之乡品味炊烟袅袅
苏州城上倾听《二泉映月》

我从远方归来
在草原上寻找童年
回到自己的故乡
再也不想去漂泊
我不羡慕雄鹰
也不轻视蚂蚱
草原上所有的生灵
都是我生命的伙伴

我不仰望高山
也不俯视平原
只想和你在草原上
牧马余生

我的童年没有虚度

夏天的最后一天
我回到草原
见到了儿时的小伙伴
一起回忆幸福的童年

上山灌田鼠　下河摸蝌蚪
弹弓射麻雀　石块袭沙鸡
白天追蚂蚱　夜晚数星星
夏天采蘑菇　冬天套野兔
草原天天跑　不知困与乏
无升学之烦恼
无二课之骚扰
趁爸妈不在家
又把邻家菜园
偷他个精光光

少年只顾儿童事
哪管大人急不急

美好的童年

都是快乐的往事

夏天的最后一天

我回到了故乡

和小伙伴举起酒杯

聊无邪的孩提时光

才发现

我们的童年

真的没有虚度

母亲的画

我看不清
蒙娜丽莎的微笑

也不懂
毕加索的儿童画

不爱吃
齐大师的虾与蟹

骑不了
徐悲鸿的枣红马

全世界画家的画
都比不上一幅画
那就是母亲的画

我想藏在母亲的画里
听鸟语　闻花香

享受妈妈的微笑

咀嚼亲人的艺术

指纹印象

指纹不是指纹
指纹是一个人的名字
自称一匹独步灿烂的虎
其实是享受孤独的诗人
行走在城市与书房之间
像探墓一样寻找着自己的
灵感，那金子般的诗句
他是这座城市的老工匠
三十多年都在淬炼诗歌
信徒般虔诚地书写
给诗句里的每一个汉字
都注入阳光、温度和旋律
唯独没有水、蒸汽和虚名
他远离世俗和喧嚣
在自己的书房与瑞典归来的
各国诗人探讨生命和文学
指纹的诗歌早已经不属于
这座宣称要走向世界的城

城里的人读不懂他的诗
因为那是他自己在人间
用时间独自挖出的宝藏
不是字字珠玑的闪光
而是字里行间的思考
节奏、留白、佐料、尺度
让生命温暖灿烂
让诗人如指纹一样
独树一帜　独一无二

邂逅之谜

没有人知道
北京有多少个角落
没有人算过
北京有多少个房间
没有人统计过
北京到底有多少人
没有人相信
我和你
在某个角落里偶遇
却有人证明
你和我
在某个房间里邂逅
十年？不
二十五年前在昌平
你虎虎生风创武协
我默默无闻写诗歌
二十五年后
你以拳修自己

我写诗度余生

回首时

法大的校园

风景最美

法大人的故事

流传最广

难道真有无形的神手

左右苍生指挥今生

我俩翻开同一部法典

试图解开人生之谜

遇故知

在小城的小酒馆
陪老同学喝老酒
一杯敬岁月
一杯敬此时
少年往事就酒
畅聊一路风尘
关于理想
关于奋斗
关于青春
关于自己
这样的夜晚
瞌睡虫也会失眠
花生米也要
开出幸福的花朵

问　诗

我问李白
如何才能写好诗歌
太白曰：先饮三碗酒

我问杜甫
怎样才能把诗写好
工部道：去杜甫草堂

我问陶渊明
写诗的秘诀是什么
陶潜答：隐居而作

于是　我
离开都市
来到蜀国
喝了不止三碗的酒
醉倒在玉林路的小酒馆
听那首叫《成都》的歌曲

原来诗歌就是每个人的故事

每一个人的故事都是一首诗

上帝说

作家福楼拜说
上帝知道
什么时候开始
什么时候结束
人只知道中间
诗人于坚说
像上帝一样思考
像市民一样生活
上帝笑笑说
法律面前
不一定人人平等
生死面前
人人一定最平等
今生难过百
且行且珍惜
日出作　日落息
慢慢走　慢慢老

故　事

不经意间

日子过成了岁月

与我一起

玩耍的人

读书的人

喝酒的人

聊天的人

争吵的人

纷纷散去

你还在创造故事

那些看故事的人

已渐渐老去

再过五十年

讲故事的人

和故事里的人

都将成为

别人

遗忘的故事

生日悟语

某年某月的某一天
妈妈给了我们生命
还赐予你我一个节日
那天之后的某月某日
我们就一起欢度生日
庆祝生命的开始
祝福生命的继续
从远方到北方
从南方到远方
我们总在这一天
斟满醇香的美酒
摆好浪漫的蛋糕
吟唱快乐的生日歌曲
感恩我们的父母
安顿我们的身心
把岁月留给记忆
把记忆留给自己

老街漫步

我走在故乡的老街
闻到熟悉的味道
听到熟悉的乡音
想到熟悉的往事
却见不到熟悉的人

我走在故乡的老街
熟悉的味道让我欢喜
熟悉的往事令我泪流
熟悉的乡音把我唤醒
我是熟悉这里的陌生人

我走在故乡的老街
老街还是从前的模样
依然是我记忆中的老街
老街上玩耍的少年
多像当年的你和我

我走在故乡的老街

老街仍然人来人往

它的故事在远方流传

茶马古道　张库大道

原来我也只是老街的过客

互 勉

比童话还魔幻的世界
你还活着　我还活着
本身就是一个意外
天灾　人祸　冤案
过五关斩六将
我们居然都还活着
写首诗　压压惊吧
把自己的皮囊和心
护理好　安顿好
开始
向后半生出发

睡不醒

整个城市都在酣睡
我得出发了
去另一座城市
另一座城市也在睡着
路上
我遇到一个又一个行人
他们也在急匆匆赶往
不同的城市
我问为什么都这么早啊
他们说再不抓紧时间
我们真的就睡着了
而且
永远都不会再醒来

心化石

深夜
我一个人醒来
把自己的心挖出来
它已经非常肿大
上面有无数刀痕
误解　歪曲　思念
纠结　痛苦　无奈
有的已经结疤
有的还在渗血
我把它放到白酒里
清洗　浸泡　消毒
再放回自己的身体
静静地入睡
我梦到了一只狼
正在咬我的心
却怎么也啃不动
崩掉了满嘴狼牙
我的心
已经变成了
坚硬的心化石

石门出征

少年白发

不懂石家庄的秋天

八十五岁老母亲还没有保外

聂树斌的父亲刚刚离世

这个城堡里的奇案很多

火车站外遇到落日秋老虎

我在这座城市的客栈失眠

一个电话惊醒潜伏的杀手

辗转反侧等待石门破晓

把诗歌和过去统统杀掉

埋到我的花盆里不许浇水

打开那个密室把刀剑给我

我要再次出发

在这个秋天的黎明

就像二十五年前的那个早晨

在塞北瑟瑟的秋风里出征

我要再用一个二十五年

见证一个辩护士的传说

石门周末

橘子熟了
柚子熟了
李子熟了

选一个周末
我们到石门去
看一看远方的亲人
品一品家乡的美酒
听一听乡下的蛙鸣
尝一尝故乡的佳肴

窗前的花开了
屋后的鸟儿唱呢
厨房里的腊肉煮熟了

让我们一起举起杯
喝这千里之约的酒
聚在石门　醉在石门

唱那四个兄弟的歌

放下工作　放松心情

让余生不再枯燥

让幸福填满生命

更向往崇高之美

——献给"北京走进崇高研究院"

我曾经以为

崇高离我很远很远

在圣人的额头上

在巨人的肩膀上

在伟人的巨制上

遥不可及　高不可攀

我曾经以为

走进崇高是一个幻想

比梦还不真实

比影还更虚幻

与我没有任何关系

当我聆听老师的解读

当我阅读将军的书籍

当我观看研究院的短片

当我走进"崇高研究院"

我才发现有这样一群人
在研究崇高　推崇崇高

当我植树在浑善达克
当我漫步于爱乡书屋
当我抚摸军马魂巨石

当走进崇高走进校园
当走进崇高从青春期开始
当走进崇高健康服务团出发
当走进崇高教育先行团授旗
我才发现有这样一群人
在拥抱崇高　践行崇高

原来崇高就在我的身边
走进崇高就是走进真善美
走进崇高就是利他利众利社会
走进崇高就是敬业敬人敬众生
走进崇高就是精益求精完善自我

原来我也可以崇高
你也可以崇高
我们都可以崇高

崇高是道德的最高境界

法律是道德的底线
当我们守住底线的时候
我们更渴望更高的境界

因为我们是人，是万物之灵
早已经从野蛮走向文明
因为我们是二十一世纪的生命
更渴望文明之光
更向往崇高之美

辑四　父亲和我

母亲节，我想妈妈

母亲节的早晨
我从南方飞向北方
因为妈妈就在天上
因为妈妈就在北方

候机室里的婴儿还在熟睡
他在他妈妈的怀抱里享受美梦
如同四十年前的我也爱赖床

时间抢走了我的妈妈
留下我一个人
在人间
哭泣

走过万水千山也要回北方
那里是妈妈的故乡
也是我出发的地方
内蒙古草原　白银湖畔

熟睡的婴儿刚刚醒来
环顾四周　寻找妈妈
他哪里知道我的心情
母亲节里　我想妈妈

没有母亲的母亲节

没有母亲的母亲节
我站在大敖包的山顶上呼喊
才发现妈妈已经越走越远
消失在我童年的记忆里
再也听不到儿子的呼唤

没有母亲的母亲节
我躲到城市的角落里哭泣
才知道自己已经是孤儿
再也看不到妈妈的微笑
听不到妈妈的叮咛

没有母亲的母亲节
我只能一个人和自己说话
用谁也听不懂的语言述说只属于自己的思念
故乡的小院　妈妈的针线
还有草原傍晚勒勒车咯吱咯吱的牧归曲

没有母亲的母亲节
我朝着草原的方向鞠躬叩首祈福
希望妈妈能够听到我的歌声
歌声里有我父亲的草原母亲的河
儿子的思念女儿的情

没有母亲的母亲节
我拒绝人类的一切思考
唯有想念我的妈妈
额吉额吉　我爱你
妈妈妈妈　儿子想你

母亲没有走

母亲节的早晨

我翻遍所有的诗集

却没有找到一首关于母亲的诗

母亲不是诗

她是我心中的一块儿肉

长在我的心里

一起流血

一起心跳

一起呼吸

一起和我在每一个清晨醒来

一起奔跑

一起哭泣

一起回味

一起和我感受春夏秋冬

一起歌唱

一起舞蹈

一起漫步

一起陪儿子走过今生今世

母亲　没有走
她一直都在我的心里
一直都在我的身旁
每分每秒每时每刻

妈妈想我了

墨绿墨绿的草坪
镶嵌着清澈湖水
妈妈正站在那里

我醒来了
刚才似画
原来是梦

没有妈妈的日子
我就是一个孤儿
自言自语话凄凉

在梦里
我可以和妈妈聊天儿
聊那些没有聊过的事

我的心事
妈妈的心事

母子心连心

妈妈想我了
我知道
儿子更想妈妈

思亲的泪

故乡的老屋拆了
亲爱的爸妈没了
我在人世间徘徊
哪里是我的归处

中元节的夜晚
点一炷香
烧几张纸
给爸妈写一首思念的诗

我是爸妈身上的肉
爸妈是我心中的神
尘世有缘成父（母）子
相伴岁月太匆匆

多少往事
多少遗憾
多少不舍

多少心痛

和着儿子思亲的泪
落下去
湿了人间

中秋月

你挂在天上
我站在地上

你低头看我
我抬头望你

你还是我小时候的你
我不再是小时候的我

小时候我一边望你
一边吃娘做的月饼

现在我一边吃月饼
一边望你想我的娘

寒衣节，写给爸妈

人间
已经立冬
想起小时候
这个季节会帮爸妈
储存过冬的白菜和葱
用胶带纸密封窗户缝
买取暖的劈柴和煤

现在
我们长大了
过去的那些活儿
连同美好的童年少年
永远冬藏在记忆深处
时间把人间打扮得
越来越漂亮
空调和暖气已让房间
越来越温暖
寒衣节之夜

想起了爸妈
想起了小时候

儿子给爸妈写首诗
和寒衣一起捎过去
温暖那边的冬天
温暖爸妈的心

童年的小年

妈妈在厨房里
包饺子
爸爸和叔叔们
划着拳
姐姐们在欣赏
收藏的糖纸
我和弟弟
一遍遍数着
自己的爆竹
等着天黑下来
到雪地里
看它们闪光
听它们争吵
牧羊犬躲在角落里
它知道
主人们要过年了

北漂记忆

寒冷的风
吹过城市的上空
人们穿着厚厚的衣服
行走在路上
他们的脸上
写满了焦灼
匆匆追赶拥挤的列车
返回远去的故乡
看望老去的母亲
这是幸福的记忆
这是漂泊的瞬间

寒冷的风
吹过城市的上空
人们穿着厚厚的衣服
背着大包小包
匆匆追赶回家的列车
铁路的尽头

有故乡的炊烟

还有妈妈期盼的目光

这是漂泊的记忆

这是幸福的时光

失去的年味儿

二〇一三年
——母亲走了
二〇一四年
——父亲也走了
把我丢在人世间
父母走后的春节
再也与我无关
从此
不再看春晚
也不再盼望新年
有人说现在的年
没有了年味儿
实际上
年味儿就是人情味儿
失去最亲的父母
除夕
对我来说
只能是一种回忆

过年

于我而言

剩下的只有记忆

父亲和我（一）

父亲离开我的时候

是在一个冬天的早晨

一个很冷很冷的冬天

您把三个儿子唤到床边

坐起身来　强忍病痛

给我们作了人生最后的叮嘱

刚强的父亲

就这样离我而去

留下您积累了一生的中药方

还有一首首写给儿子的诗

父亲　走了

真的　走了

您留下的诗我会一遍遍去读

您留下的中药方我却怎么也读不懂

就像您走的那天清晨

傅大巍的诵经和天边喜鹊的哀鸣

我知道

父亲走了
连您四十年前拯救我的中药方
也一起带走了

四十年前的早晨
也是在一个冬天的早晨
您用那个中药方把我从死神的手里抢救回来
四十年后的早晨
我却读不懂一个老中医的药方
因为　父亲走了
连同他对儿子深深的爱

父亲和我（二）

父亲在天上
我在地上
父亲在远方
我在人间

儿子知道
您还在抽掐掉过滤嘴的香烟
您还在喝浓浓的老砖茶
您还在对我放心不下千叮万嘱

在父亲的眼里
我是永远也长不大的孩子
在父亲的心里
儿子是您人生最大的牵挂

亲爱的爸爸
请您放心
在您不在的日子里

我一直小心翼翼

因为您告诉我：走路防跌　吃饭防噎

亲爱的爸爸

请您放心

在您不在的日子里

我一直谦虚谨慎

因为您提醒过我：路旁有虎千万小心

亲爱的爸爸

请您放心

在您不在的日子里

我日出而作　日落而息

工作　生活　不敢懈怠

唯一无法忍受的是

再也不能向爹汇报

再也不能向爹述说

一切的一切

都要交给来生

来生

还有多远啊　爸爸

想家的孤儿

平安夜的前夜
在梦中与爸妈重逢
地点是故乡的老屋
我们聊天儿拥抱问候
模糊的场景和细节
清晰的是彼此的思念
担心与牵挂
醒来时我用泪水洗面
回到人间已是黎明
冬日的晨曦
就像爸妈的爱
温暖着自己的孩子
走在繁华的都市
谁不是想家的孤儿

想爸爸的时候

想爸爸的时候
我就跪在
人间的十字路口
向父亲离开的方向
鞠躬　叩首　祈福
请求长生天
保佑天堂里的爸爸
吉祥　安康　幸福

想爸爸的时候
我就请周公一起醉酒
在半梦半醒之间
开始与父亲聊天儿
告诉他
我在世间的消息
平安　健康　幸福

想爸爸的时候

我总会

从梦里

流着眼泪

醒来

羡　慕

重阳节
你们回故乡陪老人
我一个人
走进城市
发现城市里没有人
父母没有了
我的心就空了
心空了
城市对于我
就是一座空城
我在空城里
羡慕
回家陪父母的你们

父亲的猎枪

在我童年的记忆里

家里的墙上

挂着一把猎枪

那是

父亲的猎枪

猎狗和骏马是它的伙伴

在那片草原

他们一起

战斗过狐狼

保护过羊群

误伤过鸿雁

欺负过野兔

父亲的猎枪

在我的心里

就是草原上的老英雄

有很多故事

有很多传说

只是被时间和现代文明

抛弃在

遥远的过去

父亲的白走马

父亲的白马走远了
一匹白色的走马
从我童年的牧场里
出发，去了远方
消失在草原的尽头
它是一匹军马
经历过白毛风雪
它是父亲的战友
见证过父亲的青春
它是我儿时的英雄
永远在我的记忆里
昂首，驰骋
挺胸，行走
四蹄，绝尘

父亲的诗

父亲走后
我翻出一个厚厚的本
里面都是他的诗
散发着墨水的陈香
还有旱烟的味道
我闻到了父亲的味道
熟悉得让我窒息

我小心翼翼地打开
怕惊扰了父亲的青春
理想和小时候的我
每一首诗都那么珍贵
我静静地读着
默默地流泪

父亲的心里话呀
没有遗失在那个时代
而是穿越了时空

深情地讲给现在的我

父亲的诗啊
没有浪漫　悦耳
每一句每一行每一首
每一个标点符号
都是留给我的生命密码

用诗歌温暖余生

我发表的处女作
就是一首小诗
写的是春天的雨
流进了妈妈的心

从那一天起
我就把写的每一首诗
都朗读给妈妈听

我是她的希望
诗是她的阳光
战胜了疾病
粉碎了贫穷

儿子的诗
是雨夜中妈妈的火把
儿子的诗
温暖着妈妈疲惫的心

妈妈读儿子的诗
幸福就挤满了房间
我的诗歌里装满了
亲人的温度

妈妈走了
再也不能听到我的朗诵
我要把妈妈留在诗歌里
我要用诗歌来温暖余生

辑五　父亲的诗

白银湖之歌（歌词）

白银湖水明如镜，
马兰花在湖边开放。
在这美好的季节里，
放开嗓子把歌唱。

白银湖水清又清，
白银湖畔牛羊如云。
在这辽阔的草原上，
勤劳的人们幸福欢欣。

白银湖水银波荡漾，
各族人民斗志昂扬；
建设社会主义新边疆，
幸福生活万年长。

1963年冬

牧区一学校

青青草原红瓦房，
熙熙攘攘众儿郎。
雨露滋润阳光满，
教育普及到边疆。

1972年7月4日

军马场之春

夜来风雨过，
今晨草葱葱。
人欢马嘶叫，
草原春意浓。

1972年5月

马背吟

日行百里青山路，
满面征尘倦意无。
莫道革命征途远，
亿万工农主沉浮。

1972年7月4日吟于途中马背上

爱马场

千里草原绿含蓝，
一池湖水银闪闪。
库伦山下战马壮，
我爱马场胜家乡。

1974年6月7日

北疆五月

草原五月牧草香，
牧羊姑娘上山岗。
羊群如雪撒满坡，
牧歌悠扬飞天上。
祖国边疆风光好，
胜过江南苏与杭。

1974年6月9日

好男儿

吾惜骨肉情，
更重为人民。
革命志四海，
岂能守家门？

1974 年 11 月 23 日

杂　感

秃笔不由己，
乏学难尽游。
只缘情谊重，
莫笑痴人愚。

1978 年 10 月 17 日

赠新识学友

相遇在青城,
初识如故人。
同学共勉之,
为党建功勋。

1979年1月于呼市内蒙古党校

怀 远

身在青城里，
心飞云天外。
忧忧不得寐，
凝眉对灯台。

1979 年 1 月 5 日于呼市

乘机赴青城飞行有感

古云登天难，
今朝只等闲。
乘鹤云中飞，
喜看万家烟。

1979年1月12日

读某某来信感怀寄语

足下荆棘路，
焦急无用处。
立下鹏程志，
山巅变坦途。

1979年1月14日夜于库伦

242

无 题

书自远方来，
开封心花开。
待到归来日，
把酒诉衷怀。

1979年2月6日

待腾飞

写给长子大民

立志少年时，
学习苦用功。
待到腾飞日，
展翅翱天空。

1986年冬

不老句

1987年重阳节离退休老干部座谈会记作

敬老敬老再敬老，
重阳传统永不老。
四化大业献余热，
老骥伏枥志不老。

登蓬莱仙阁

山依水来水连天，
蓬莱仙境景奇观。
神仙已乘白云去，
留得仙阁在人间。

1988 年 10 月 12 日

心　愿

吾儿学习多长进，
为父怎能不开心。
不求美服与佳肴，
但愿儿女步步高。

2004年6月5日

行医乐

家住南山西，
百宝聚集地。
悬壶济民众，
余心乐融融。

2004年8月5日

贺飞天

为庆贺祖国载人飞船升天成功而作

古人梦飞天，
今朝得实现。
伟哉大中华，
屹立天地间。

2004年10月16日

自　勉

六旬老者不稀奇，
正值青春少年时。
周公教诲铭座右①，
再创新业不言迟。

2004 年

---

① 先总理恩来先生"活到老，学到老，改造到老，干到老"，为余座右铭。

250

题沧州林冲酒店

何借教头名，
招徕顾客青。
缘由慕英雄，
景伪人真情。

向日葵

人说牡丹花中王，
我说君比牡丹强。
牡丹只有它娇艳，
君却永远向太阳。

看外孙家舜演奏台照

余孙吹乐众人听，
拍拍节节动众情。
老夫耳钝闻不见，
昏昏老眼看孙影。

2004年6月1日

示 儿

生命诚可贵，
青春价更高。
抓紧苦学之，
不可恋逍遥。

辛卯春节

除夕夜

火树银花绽空中，
爆竹声声震耳鸣。
千家万户齐欢庆，
辞旧迎新又一春。

辛卯春节于新居

与杨校长的诗话

当得知大民要把你的诗歌出版
我的心血立刻升腾
不假思索地提议
要为校长写什么
装进《时光牧马》的勒勒车中

你是军马场育红学校的校长
我是政治处的一名知青
在交往中感到
你的思想
豁达、睿智、前瞻
你的笑容
又是那样的和蔼可亲

你的腋下总是夹着书报
被同事们称为学者
你骑着白马去分校指导
又被称作是草原上的骑兵

因为

部队的基层不搞"四大"

你完整地保存着知识分子的品格——

教书理直气壮

育人也心地坦诚

在你的培育下

"青青草原的红瓦房下"

飞出了多少展翅的雄鹰！

"不管是谁家的孩子

来到我的学校

都要教育好

因为——

人——只有一次童年和青春！"

这哲理般的表述

乃是一个教育家的灵魂！

你还问我：

"是否学过外语？"

我说学过

但是大多已经忘记

手中也没有课本

知青，其实是个半成品！

你不替我惋惜

而是把两本《现代俄语语法》书交给我
让我复习
并且说：
"将来会有用！"

我手捧着那本心爱的书
开始与地球接近
每当看到扉页上写着"泽川"的刚劲的笔体
还有你那手刻的红色的印章
就感到背后有两只手
推我前进；
每当我困倦，
想要放弃的时候
"川"字又变成了三支银针
刺到我"偷懒的穴位"上
令我重振精神——
啊！
在那样的年代里
你是多好的导师
遇到你，我是多么地幸运！

后来，我出国了
这两本书
伴随着我几十年
尽管纸张发黄

可是你亲手包成的书皮
还是依旧如新

当我回国之后
希望能看望杨校长
尽管我再学的是英语
然而，那《现代俄语语法》的逻辑思维
让我受益终身！
我要把这已绝版的《现代俄语语法》书
托人还给校长
因为，她已是历史的功臣！

校长收到书后
非常地高兴
把那两本书摆到书柜的中央
并且作为图书馆的
镇馆之宝
向往来的客人说明——
还预约了报社记者
计划我们相见时
要记录下这跨世纪的图书旅程
然而
没有等到春暖花开
校长去了天国
尽管我们相隔两千里

泪水让我的思绪灰蒙

我要去天国与你交谈
探讨——
世界之深广
人类之文明
还要聆听你的渊源述说
让我的心再次地沸腾！
我写了一篇《一本书的情谊》
发到战友圈里
朋友们为你点赞、惋惜、落泪——
白银高山、达里湖水为我们做证！

也许——
你在
"乘鹤云中飞
喜看万家烟"？
也许——
你还在遐想
"忧忧不得寐
凝眉对灯台"？

我要说
是的
我们的好校长

请你开心——

你瞧

在下课的铃声中

"熙熙攘攘众儿郎"

像金色的葵花一样，

在向您致敬！

还有

白银库伦军马场

还是草原上的一颗珍珠

虽然军马远去了

可是，

千钧厚重的《军马魂》碑

已经——

巍峨地、盘古地

矗立在万顷草原的格桑花中——

白银山下的湖水

还是你描述的那样平静

天鹅、野鹤、水鸟

又在戏水营营

美丽的锡林郭勒大草原

又迎来了一片春———

《父亲的草原母亲的河》

有你高大的背影

走向崇高

那就是你终身追求的不朽精神！

白子明

2019 年 5 月 25 日

后记：写给自己的文字就是诗

《时光牧马》这本诗集的诞生对于我个人来说是一个意外，因为我不是诗人。

这本诗集的面世对于我的生命来说是一个惊喜，但一点儿也不意外。

我发表的第一首诗是在1987年12月26日的《少年文史报》上，那一年，我在上小学五年级，至今已有30余年。

最重要的是我发表的小诗，给父母带来了快乐和幸福。

记得1988年9月的一天，母亲下班回家拿回来一张《张家口市报》，对我说："你看看你们九中的同学写的诗，多好啊!"我打开报纸一看，高兴地对母亲说："妈妈，这是我写的诗。"母亲满脸疑惑："啊？怎么会是你写的呢？署名是九中学生白杨啊？""白杨是我的笔名，妈妈。"我一边从日记本里找出我的底稿，一边向母亲解释为什么笔名叫"白杨"，这是我把爸妈的姓氏"杨"和"白"合在一起，叫"杨白"不好听，于是颠倒过来就叫"白杨"啦。

母亲反复看着我的底稿和报纸上署名"白杨"的诗，她的心里是多么地幸福啊!

母亲叫白玉莲，是东北蒙古族，我姥姥家在吉林省前郭尔罗斯蒙古族自治县查干湖畔七棵树村。

1960年代，母亲投奔亲戚，来到内蒙古锡林郭勒草原，在总后勤部白银库伦军马场育红子弟学校做教师。她嫁给了学校的校长，也就是我的父亲杨泽川。他们夫妻俩是育红子弟学校的创始人。听说，我的父亲是那个时代的才子，也经常写诗。他和我的母亲成家后，又在美丽的白银库伦草原创造了我和姐姐、弟弟。母亲还给我起了一个颇有寓意的蒙古名字：塔林呼（汉意：草原的儿子）。

后来，在我们兄弟姐妹成长的日子里，父亲也经常把他写的诗歌朗诵给我和兄弟姐妹听。我也时常会把我写的文章和诗歌，朗读给父母听。那是我们生命中的幸福时光。

2013年底和2014年初，在不到50天的时间里，父母先后离开了我们。

我再也听不到父亲朗诵他的诗歌了，爸爸妈妈再也看不到我写的文章和诗歌啦……

父母走后，我的精神世界倒塌了。痛苦之中，才发现有多少事情没有为双亲去做，留下了太多太多的遗憾！

为了弥补这些生命中的遗憾，我在2015年10月到2017年7月间，和贾锐、唐汉华、鲁大力、赵树清、杨大东、郭成森、张利、贾镔、贾锴、冯继忠等一众发小儿，通过微信朋友圈和微信群，寻找到当年出生在白银库伦军马场、学习在白银库伦育红子弟学校，现在工作在全国各地的白银库伦马二代。大家心念故土，怀望家乡，一起编撰、出版了《父亲的草原母亲的河》白银库伦回忆文集，献上我们对父辈、对岁月的深深敬意。

2017年7月30日上午，我们在故乡白银库伦举办了近5000人参加的《父亲的草原母亲的河》新书首发式和75吨重的"军马魂"纪念石的揭幕仪式，向父辈致敬，向故乡致敬，向草原致敬，歌声在辽阔的草原回荡，正在我们的心中回响。

每每想念父母和草原的时候，我就写一首诗，把思念留在诗歌里。

有一天，我打开了父亲的日记本，发现里面保存着他自己写的诗。

我突然产生一个想法，要把父亲的诗歌发表出来，给他出一本诗集。遗憾的是他写的诗数量有限，而且具有强烈的时代色彩，不符合现在出版的要求。于是，我就决定自己出这本诗集，把父亲的诗选择二十余首放进来，独立编辑一辑《父亲的诗》。这是一个儿子对父母最好的思念，也是对他们青春岁月最好的纪念。

我的职业是律师，我的诗歌只是为了把父母留在生命里。文字是父母存在的另一种方式，也是儿子和他们聊天的另一种方式！

我不是诗人，在别人眼中我写的这些文字也许不那么纯熟，但这些都是我真实的感受，真实的体验，真实的表达，真实的心声。

我个人认为，铭刻进生命中的文字都是诗，诗都与自己的内心与灵魂有关——

关于父母，关于故乡，关于童年，关于成长，关于理想。

漂泊在路上，我突然驻足，回首时，发现父母已经远去，故乡还在远方，童年成为记忆。

《时光牧马》与《父亲的草原母亲的河》无意间成为姊妹篇。无论是一个人，还是一群人；无论是诗集，还是文集，两本书所要表达的都是我们对父母的怀念，对故乡的思念，对童年的忆念，对生命的感念。

唯有文字和诗歌让我感到温暖，感到自己的生命还在延伸，理想的火花还在闪耀。

感谢著名军旅作家贺茂之将军、著名书法家庞中华老师和著名出版家余均老师为我的诗集撰写序言。感谢中国美术家协会主席、中央美术学院院长范迪安老师为我的诗集题写书名。

感谢白银库伦沈阳知青白子明先生撰写怀念父亲的诗《与杨校长的诗话》。

感谢著名作家老臣、程荫，作家出版社编辑秦悦女士为诗集的出版给予我的鼓励与帮助。

感谢生命中遇到的所有亲朋挚友，感谢你们翻阅这本诗集。

杨大民

2019年10月30日晨

于北京